KB248439

기쁨이거나,
슬픔이거나

기쁨이거나, 슬픔이거나
이희자 시집

초판 인쇄 | 2009년 7월 15일
초판 발행 | 2009년 7월 20일

지은이 | 이희자
펴낸이 | 신현운
펴는곳 | 연인M&B
디자인 | 이희정
기　획 | 여인화
등　록 | 2000년 3월 7일 제2-3037호
주　소 | 143-874 서울특별시 광진구 자양동 680-25호(2층)
전　화 | (02)455-3987　팩스 | (02)3437-5975
홈주소 | www.yeoninmb.co.kr
이메일 | yeonin7@hanmail.net

값 10,000원

ISBN 978-89-6253-028-5 03810

이희자 시집

기쁨이거나, 슬픔이거나

연인 M&B

| 솔로몬의 고백서 |

이스라엘 왕국의 솔로몬왕은
36년이라는 긴 통치기간 동안
많은 부와 권력을 쌓고 사치하며
여러 여인을 사랑하였으나
또 다른 한편,
여호와의 성전을 건축하며
지혜의 왕으로 손꼽혔지만
해 아래서 행하는 모든 일을 본즉
다 헛되어 바람을 잡으려는 것이라고 탄식했다
해는 떴다가 지며 그 떴던 곳으로
빨리 돌아간즉
이미 있던 것이 후에 다시 있겠고
이미 한 일은 후에 다시 할찌라
해 아래는 새것이 없다 말했으니
거듭 전전展轉되어지는,
나의 항아리에 가득 들어찬 헛된 것들을
오늘 다시 세상 속으로 보낸다.

2009년 여름
이희자

| 차례 |

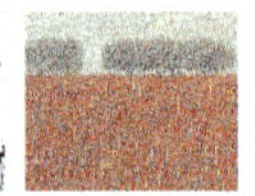

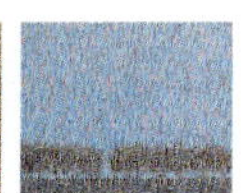

제4부 푸른교회 사람들

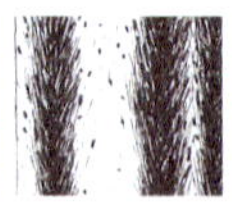

제1부 산목련

늦은 봄 지난 여름이면
향기도 은근하려니
꽃잎마다 깊은 이야기
다소곳이 새겨 두겠네
부르르 떨었네 바람은, 놓친 사랑처럼
때때로 막막하던 세상일
다 품어 안으며 이 나무 아래
온 밤 찬이슬을 맞아도 좋겠네.

산목련

꽃물 드는 산 속이면 좋겠네
자작나무, 물푸레, 노간주나무
어깨 마주하는 친구 있으니 외롭지 않겠네
늦은 봄 지난 여름이면
향기도 은근하려니
꽃잎마다 깊은 이야기
다소곳이 새겨 두겠네
부르르 떨었네 바람은, 놓친 사랑처럼
때때로 막막하던 세상일
다 품어 안으며 이 나무 아래
온 밤 찬이슬을 맞아도 좋겠네.

봄, 봄날은

봄꽃 흐드러진
꽃길에 들면
나도 모르게 생기는 욕심
영영 지지 말거라 이 꽃

바람 부는 봄날
꽃 아래 서면
공연히 부풀리는 걱정
저 바람 이 꽃
다 흩으면 어쩌나

일없이 수심만 깊어지는
이 봄날은
차라리 나도 꽃 되리
온천지 가득 떠도는
봄꽃 향기 되어 찾아가리.

봄, 하루는

문밖으로 나서면
추운 겨울 지나온
저 이쁜 것들
살아 있는 온갖 것들이
낱낱이 꽃으로 피네

담녹색 나무 아래 서면
나도 꽃이 되려니
사람아, 사람아, 시새우지 말자
우리 오늘 하루는
꽃이 되어 꽃 속에 살자

보내고 돌아서면
눈물짓는 후회뿐이니
급한 걸음 서운한 일
잠시 접어 두고 오늘은
저 꽃만 바라보자.

봄, 그리운

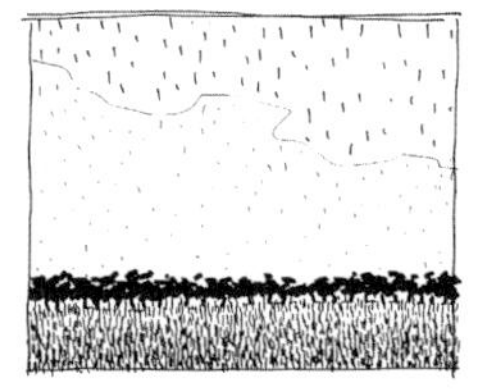

창밖은 꽃빛이네
바람에 흔들리던 꽃가루들이
여기저기 불을 놓았네
산에 들에
천지는 타오르고
어질병이 돋은 나는
밖으로 불려 나가네
이팝나무, 불두화, 찔레꽃,
죽은 자를 생각게 하는
하얀 꽃들이 지천으로 피어 있네
어머니는 나를 사랑했네
죽어서도 사랑하네
하얀 꽃들이 눈처럼 날리네
눈물처럼 내리네
달려가는 내 길이 깜깜하네
어두워 보이지 않네
하늘땅 가득 들어찬
그리운 사람이 꽃이 되었네
눈물이 되었네.

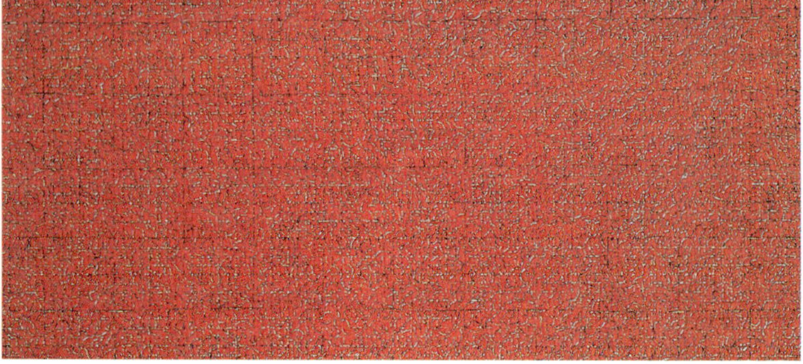

5월, 장미

일 년 중 단 한 번
찾아오는
반가운 손님이다
허름한 곳도 피하지 않는다
길모퉁이 높은 곳 낮은 곳
붉은 물감을 풀어놓은 채
활활 불붙고 있는
가슴을 열고서는
누군가 기다린다
으레 비어 있던 골목길이
금세 소란스러워지고
급할 것 없는 나는
걸음이 빨라져
자꾸만 밖으로
불려 나간다.

춘곤春困

아침 강 떠돌던 물안개
둔치마다 물감 뿌리더니
달리는 출근길도 연둣빛이다
온통 봄옷 입은 세상 속을 달리며
깜박깜박 졸기도 하는데
문득 눈뜨면
창밖은 꽃 구릉
어데일까 여기는,
길게 목 빼 밀고 기웃대는 동안
다시 전동차는 움직인다
그래 어디면 대수일까
이런 봄 아침
꽃을 보며 졸기도 하며
가는 길 잠시간 잊은 채
하루쯤 세상을 멀리 두는 일
그도 괜찮을 것 같다.

늦여름, 단풍 1

누군 놀라겠지요
입추 지난 큰길가
혼자 붉은 단풍나무 보면
또 누군가는 타박하겠지요
때 모르는 천둥벌거숭이라
같은 줄기 제 형제들
다 그냥 있는데
핏빛으로 물든 속마음
혹여 사랑일런지…
그 단풍 몰래 바라보다
흔들리고 뒤채는 마음
행여 들킬까 고개 숙이고
돌아왔지요.

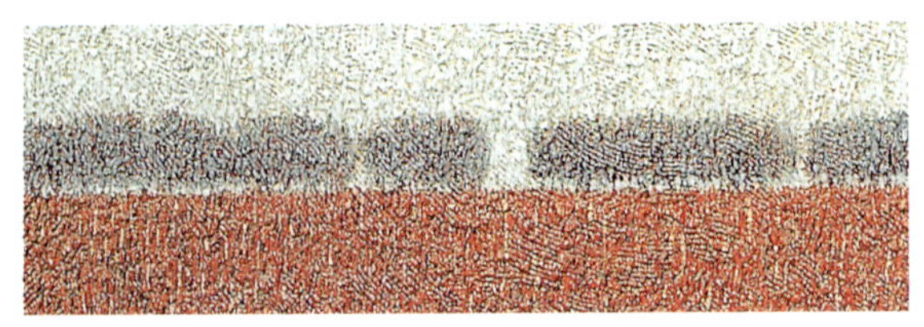

늦여름, 단풍 2

때로는 뜨거웠거니
한 생生을 태울만한
눈물 같은 소나기로
잠 없는 밤도 적셨거니

속내 시린 하늘바라기
푸르고 깊은 세월이더니
신열身熱로 들뜬 상사相思여

시름의 연緣이거니
감출 수 없는 흔적으로
성급히 제 몸 태우는
오! 늦여름의 저 불꽃.

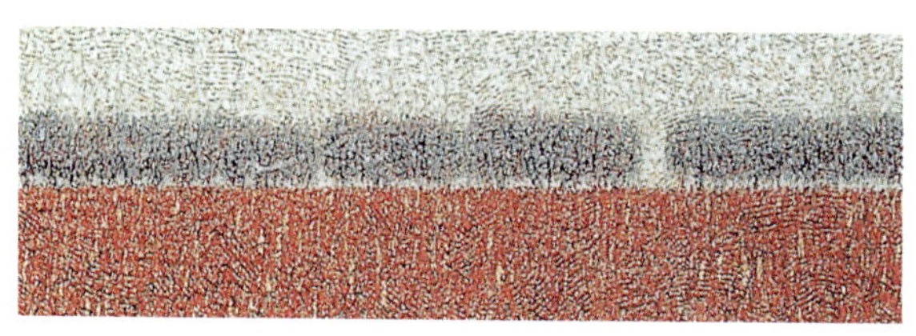

모과

따뜻한 쪽으로만
얼굴 돌리는 사람
이로운 것을 찾아
허둥거리는 세상에서도
꼭 있다
드러나지 않은 봉사로
이웃을 섬기는 사람
그 빛 언제나 푸르고 깊으니
단맛에 길들여지지 않은
향기뿐이다.

분꽃

부끄러운 이야기 하나쯤
세상에 흘렸기로
아직 그는 노엽다

돌아서면 내 눈물
뿌리도 단단하여
줄기로 웃자라는 것 알고 있다

세월 지나면 기다림도
어긋난 인연도 묘묘하여
다 가슴에 담을 것을

굳은 땅 깊이
까만 꽃씨 하나 내려놓고
해 저물도록 키다리니

때 지나면 다시 보겠네
단순하기 일곱 살 아이 같은
시름 속의 내 친구 닮은.

숲

멀리 두고 바라보면
작은 동산만 같다

더러 산 꿩이 울어
술렁이기도 하고

날리는 들꽃 향에
젖은 듯 흔들리기도 하더니

지금은 고요로워라
잠이 든 요정의 오두막과도 같이.

신록

참 오래 기다렸구나
겨우내 마른 몸
서걱이던 나뭇가지들
큰 산의 흔들림에도 참 잘 견뎠구나

계곡마다 새겨진 외로움의 흔적은
이젠 지워도 되겠구나
창밖으로 쏟아져 내리는
저 초록의 함성

순식간에 뿜어내는 입김에
온 천지 새움이 트는구나
혼자 떨던 두려움의 날들이
잎이 되어 활짝 웃는구나.

위안慰安

다시 올 것 같지 않던 겨울 산에
바람도 얼어붙어 웅크린 계곡에
꽃이 핀다 꽃 천국이다
어둔 밤사이로 꽃물 스민다
새뜻한 산자락
누군가는 이 꽃 속에 희망을 보고
누군가는 서러움에 눈물지으리니
어우러져 함께 살아가는 사람아
긴 겨울 고난의 날이
우리에게 축복이였음을.

저녁 강

해질녘
도곡리 강으로 나갑니다
여린 풀꽃들이 바람에 흔들리며
가만히 발목을 잡습니다
흐르는 물소리
끝없는 몸짓 하나로 강물은
제 길을 만들어 가는데
사람과 사람 사이에도
강 같은 길 하나 있다면
아, 얼마나 큰 축복인가

강 건너 마을에 불빛이
하나 둘 보이기 시작합니다
살아 있음을 알리는
새로운 시작입니다
강 따라 뛰어가는 사람
자전거를 타는 사람
맨손으로 체조하는 사람

흐르는 바람 마냥 싱그러운데
저녁 강은
누군가 기다리는 그리움 되어
눈물이 되어
끝없는 길을 가고 있습니다.

겨울 숲

오래 기다린다
잎새 떨군 나뭇가지마다
여린 햇살이 내려와
살포시 보듬으며
숨찬 일상들은 날개를 달고
높이 오른다
쉬엄쉬엄 흐르던 계곡
오랜 물소리 끊기고
상처 같은 흔적들이 길을 지킨다
산다는 일은 이렇듯
흔적을 남기는 것일까
만나고, 헤어지고
미워하며, 용서하며
더딘 시간 뒤에 찾아오는
초록 세상을 기다리는 숲은
아득한 꿈으로 술렁이고 있다.

12월을 보내며

큰 바람 휘돌던 세상일
비 오지 않던 마른 날처럼 목이 타더니
모두가 제 길을 마련했구나
용케 견뎌온 흔적들
저 산 나뭇잎도 물들었구나

돌아보면 천지 깜깜하여
버려진 아이처럼 문밖에서 떨던
그 두려움도 잠시였구나
또 다른 기쁨이 있기에
공평의 감사한 뜻
고루 알게 하셨구나

실타래처럼 엉켜 올라오는
섭섭하던 일들 지금은 모두 잊을 일이다
소중했던 삶이라 다시 기억하며
작은 것 나누어 줄 이웃이
내게도 있음을 알게 하셨구나

해질녘의 자투리 시간을
이제는 아낄 일이다
척박한 땅에 솟는 웅비雄飛의 씨앗
우리에게 주셨으니 소망의 나래를
한껏 펼쳐야 하겠구나.

제2부 어머니

나는 아직도
궁금하네
더운밥보다 식은밥을
훨씬 좋아하시던
그 어머니 생각하면
여태껏 알 수 없네
'어머니는 정말 다 식어버린
그런 냉랭한 밥이 좋으셨을까'
갓 지은 더운 김 오르는
밥상 앞에 앉으면
하염없이 떠오르는 어머니
…………
그 마음 다 알지 못해
나는 목이 메이네.

어머니

—빨래

여전하시다, 내 어머니는

아흔 훨씬 넘긴 지금

빨래하는 일 하나만은 젊은 날과 똑같다

작은 노여움에도 곧잘

곡기를 놓으시지만 그 곡기와는 아무 상관없이

빨래를 부비는 힘 하나만은 한결같다

헐거워진 수도꼭지에서

떨어지는 물방울의 위력 같은

아무도 흉내낼 수 없는 내 어머니의 빨래

백수白壽를 바라보는 어머니는 지금

다시 돌아올 수 없는 먼 세월의 탄식嘆息을

모질게 헹구고 계신다.

어머니
―떠나신 후

낡은 고가구처럼
그냥 계시더니
오래오래
뒤엉키고 부대끼며
그렇게 사는 줄만 알았더니
잦은 한숨 듣기 싫다 투정 부리는
잔소리
묵묵히 받아만 주시더니
화낼 줄도
배고픈 것도
좋은 것
고운 것
모두 모르시는 것 같더니
세상 떠나신 후
내 이렇게 후회하는 것
어머니는 알고 계셨겠지.

어머니
―딸

선도 보여주지 않으리라는
셋째딸은 어머니의 자랑이셨다
쌀이 귀하던 그때에도
흰쌀밥을 따로 퍼 담으며
어머니는 딸을 도닥이셨다
허탄한 세월을 지켜주리라는
어머니의 희망이 된 딸은
온실 떠난 꽃이 되어
자주 세상 바람에 흔들렸지만
어머니는 좀처럼
희망을 놓지 않으시더니
홀연 이승을 떠나시던 그날
천천히 내 손을 놓으셨다
어머니 온 삶의 빛이 서서히 지워졌다
그리운 어머니는.

어머니
―밥

나는 아직도
궁금하네
더운밥보다 식은밥을
훨씬 좋아하시던
그 어머니 생각하면
여태껏 알 수 없네
'어머니는 정말 다 식어버린
그런 냉랭한 밥이 좋으셨을까'
갓 지은 더운 김 오르는
밥상 앞에 앉으면
하염없이 떠오르는 어머니
…………

그 마음 다 알지 못해
나는 목이 메이네.

어머니
－집

어머니는 집을 지으셨다
세상에 떠밀려 단칸방도 잃은,
바스락거리는 마른 가슴으로
꿈을 품으시고 여전히
얕은 잠 속을 헤매셨다

아흔 지나 백수를 바라보시던
어머니는 다시 지을 수 없는
오롯한 꿈의 집을 그리시더니
마침내 새 집을 지으셨다

푸르도록 하얀
어머니 꿈의 집은
온종일 서둘러 달려가도
문턱을 넘어가지 못하는
단단한 성이 되었다.

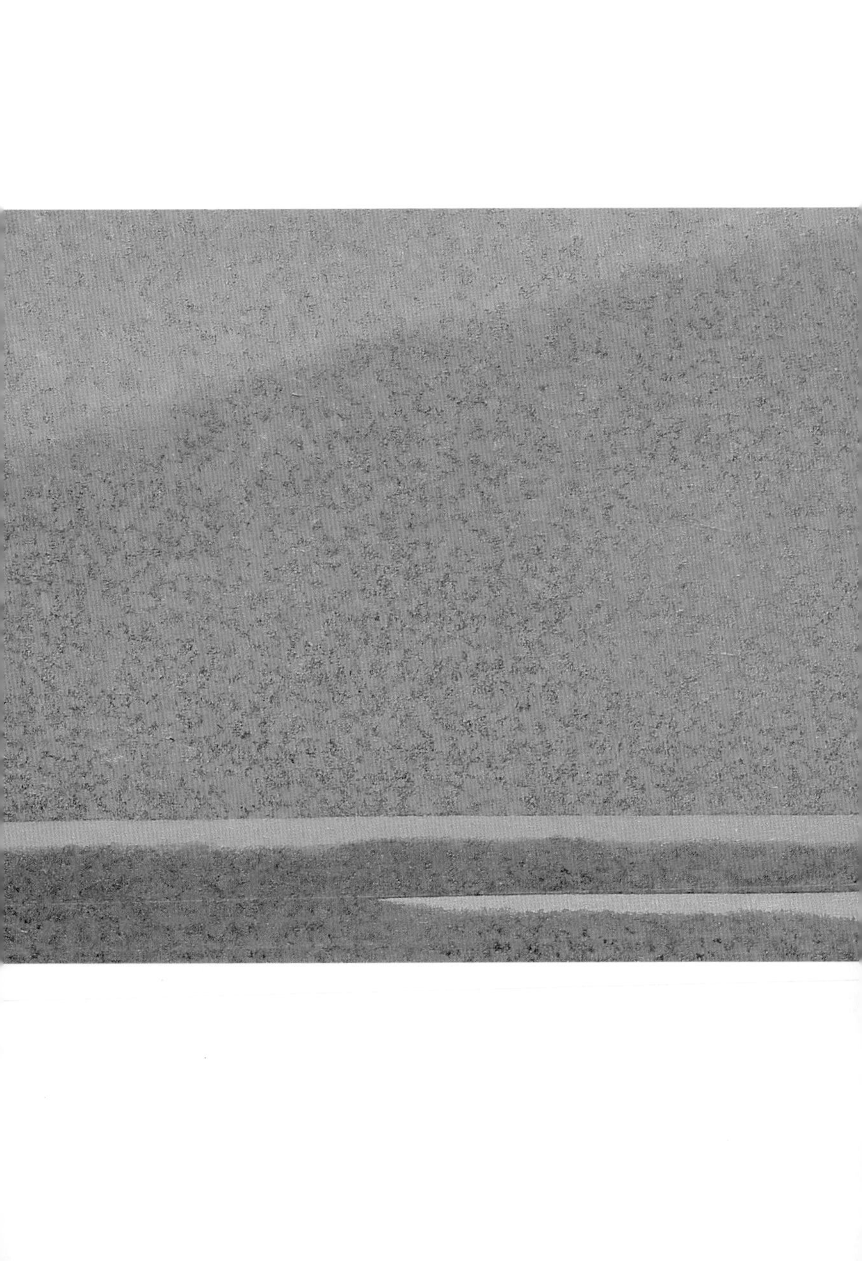

엄마, 그리고 어머니

어느 때부턴가
엄마라는 호칭을 감춘 아들은
필요할 때 나를
어머니라고 부른다

신혼의 살림을 꾸린 삶은
점점 무르익어 가고
손끝 여문 아내를 다독이며
직장에서도 씩씩했다

여기저기 행복의 씨앗을
나누어 주며 심기도 하는데
엄마를 떠난 아들의
어머니가 된 나는

추수 끝난 빈 들판에 서서
돌아보면 감사하여
더러는 부족하여 웅숭깊은
속내 가만가만 쓸어내린다.

하늘 아버지도

벌써 여러 해 별 탈 없이
직장에 잘 다니는 우리 아들
며칠 전 안부 겸 물어보았다
직장생활은 어떤가 하고
내 말 채 끝나기 전에
아들은 볼멘소리다
'아 스트레스 받아죽겠어요'
아들 녀석 죽겠다는 대답 끝나기 전
이 어미 가슴 덜컥 내려앉는다
미워 죽겠네 쓸쓸해 죽겠네
감사하지 못하는 죽겠네 말버릇
일상의 내 투정들
말없이 들으시는 하늘아버지
날마다 그 가슴 덜컥덜컥 내려앉았겠다.

겨울은

눈은 오지 않는다
마을 밖으로는
시린 바람이 들썽거리고
겹겹이 옷을 껴입은 사람들은
전동차를 타고
더러는 눈을 감은 채
어디론가 가고 있다
흘러간 노래가 아스라이 들린다
한 끼를 먹기 위해
노래를 부른다는 청바지 입은
중년 남자도 내린다
나는 다시 온몸 추슬러
두 발에 힘을 주어 버틴다
마땅히 내릴 곳이 없다
목적지를 정하지 않은
내 오슬한 겨울이 순환선 전철에 실려
느리게 달려가고 있다.

효민이

온 우주가 제 것이다
마음에 차지 않으면
발버둥으로 보채고
그도 통하지 않으면
으~앙 하는 울음으로
매달려 조른다
만만치 않은 세상
저도 알았는지
제 부모 기념일 맞춰
첫돌 보낸 내 손녀 효민이
아직은 보통 말이 어려워
원주민 같은 발음으로
제 어미 품만 파고들지만
연둣빛 새순보다
더 여리고 깨끗하니
나는 차마 두렵다
네게 뽀뽀하는 것.

어느 날 문득

처음에는 꽃이 피는 줄 몰랐다
푸석한 땅에 뿌리를 두고
어기차게 줄기만 키우는
덩치 큰 풀인 줄만 알았더니
다 늦은 저물녘
우리 집 들어가는 골목 끝에 나앉아
반갑게 웃어주는
그 꽃 보다가
분꽃~ 하고 불렀더니
꽃, 하는 끝말에
엄마~ 애잔한 이름이 뒤따라와
아프게 목을 조였다.

그 숲에 가면

사는 일 다 떨쳐버리고
홀연 꿈을 꾸듯이
지리산 그 숲에 가 볼 일이다

나무들 서로 어깨를 내어주고
욕심 없이 살아가는 모양
우리는 닮아 볼 일이다

열 대여섯 살 적 은하수를 찾아
아득히 목마르던 그리운 날이
거기 숲길로 뻗어 있고

선녀 찾던 나무꾼도 보이지 않는
고요의 아침, 흐르는 물소리로
지친 가슴 낱낱이 헹구어낼 일이다

한 달 아니 사나흘이면 어떠랴
세상 일 깡그리 잊어도 좋으리
산은 없고 숲이 산처럼 우람한 거기서.

강변역

2호선 전철 타고
강변역에서 내리면
건널목 앞을 지키는 한 사내
펼쳐놓은 좌판은 널찍한데
언제나 혼자다
허공만 바라보고 있다
아무래도 거리에 나선 지가
얼마 되지 않았나 보다
무엇이라도 고를까
가까이 다가가지만
왠지 멋쩍어 그냥 돌아선다
사람 마음 엇비슷한가 보다
처음 길 트임이 부끄러운 일.

꽃을 기다리며

가까이 흐드러져 있어
소중한 것 모르더니
저리도록 깊은 향기
그늘에 묻혀 빛나지 않더니

하늘이 주신 선물
내 것이라 아끼지 않더니
밖은 꽁꽁 얼어 영하의 날씨
덤비는 바람 숫제 두려움이다

아직은 기다려야 하는데
조급히 서두르지 말자 스스로 달래며
흔들리지 않는 약속
기다림을 심고 꽃인 듯 바란다.

적막의 나무가 되어

급한 기별인 줄 알았다
문 두드리는 소리에 이끌리어
새벽 숲으로 나가면 나는 어느새
나무가 되어 비를 맞는다

나뭇잎 타고 구르던 물방울들이
차디찬 몸을 서로 부딪치며 떨어지더니
느린 내 걸음 붙잡는다

산에 들면 모두 욕심을 버린다는데
세상 미련 모두 버린 들꽃들이
동자꽃, 비비추, 초롱꽃, 산목련이라는
제 이름 안은 채 고즈넉이 서 있다

오랜 그리움도 버릴 수 있었다
비가 오면 오는 대로 젖는
숲 속에 몸 담근 채 나는
물안개처럼 떠오르고

떠나지 않던 오랜 것들이
산모롱이를 휘감는 안개를 따라 천천히
산을 빠져나가고 있었다.

친구

정사각형 반듯하지요
앞에서 옆에서 보아도
크기나 모양새가 같은
당신은 정사각형 그릇입니다
꽃을 꽂으면 향기 짙고
철 따라 바뀌는 과실을 담으면
거기 알맞는 그릇이 되는
삶의 지혜 깨우쳐 살아가는,
당신은 보석 같은 사람입니다
시를 사랑하고 사람을 섬기며
나누어 주기를 좋아하는
속 정 깊은 사람
분주하고 어지러운 세상 중에
당신과 함께함이
은혜임을 알고 있지요.

옥천교玉川橋를 건너다

보입니다 홍화문을 들어서면
임금의 땅으로 들어가던 옛 사람들
옷깃 여며 닦던 명당수
오늘은 우리가 주인입니다

잠시 세상 시름을 내립니다
소매 끝의 먼지도 조금 털어내고
지엄하던 저 높은 곳
전혀 옹색할 것 없는 그 나라
그 백성처럼 유유히 걸어갑니다

명정전, 문정전, 혹은 통명전으로 불리는
영욕의 집은 흐르는 세월 안에서 아프게
때로 벅찬 이야기로 되살아와
간간히 우리를 흔들기도 합니다

부귀와 영화 미망을 좇던
궁宮 안의 사람들, 시샘하고 미워하던
사람 사는 이야기가 예전이나
지금이나 별반 다를 것이 없습니다

가을 햇살에 한쪽 어깨를 내어주고
되짚어 건너는 금천, 옥천교는
깊은 역사의 소용돌이를 감춘 채
저무는 계절로 쓸쓸히 서 있습니다.

톨스토이의 집

객客을 맞기에 조금 이르다고
살며시 팔을 잡는 햇살에 붙들려
잠시 문 앞에서 기다렸지요

오래전 식사를 마쳤나 봅니다
온기 거둔 빈 그릇들이
덮개 없는 식탁 위에 오도카니 앉아 있고

좁은 계단 옆으로 비듬이 서 있는
자전거며 깃 넓은 검정 코트
여전히 그의 향기가 넘쳤어요

자작나무 숲을 지나는 바람소리
가만히 부르기에 뒤뜰로 나서니
들리는 듯하네요

쓸쓸한 인사말 같은
영혼의 소리
찾아주어 고맙다는.

길

이른 아침이었어
일행을 놓치지 않으려
서둘러 떠난 바다는
섬이 전부였어

놀잇배를 띄웠어
낯선 사람들이
차례로 노래를 부르고
나는 바다만 바라보았어

시간이 느리게 흘렀어
바다는 온통 보석을 뿌려놓은 듯
반짝여 부시는데 길은
집으로 가는 길은 보이지 않았어

떠나온 지 사흘 낮
멀고 아득한 시간들이
새처럼 높이 하늘을 날았어
바다가 섬 같은 섬이 바다 같은 거기.

제3부 기쁨이거나, 슬픔이거나

손을 모으면
천지에 가득 차는 기쁨
눈 감으면
이슬로 내리는 슬픔
슬픔도 기쁨도
아름차기는 같아서
가슴에 묻은 말
기우뚱 내 생을 흔든다.

홍화

아무 데나 뿌리가 내릴 것 같은 땅이면
식물을 옮기고 씨앗을 뿌리는 사람이 있었다
냇물이 흐르는 야트막한 산 아래
제법 널찍한 땅을 깔고 앉아서는
해바라기, 수국, 복수초, 연꽃, 백일홍,
그중에서도 유난히 샛노란 꽃
홍화라 일러준다 홍화,
그리 어렵지 않은 이름인데
자주 송화라 불렀더니
왜 송화 가루를 날리느냐는 핀잔이다
문득 송화 아닌 홍화 찾아
거기 다시 갔더니
샛노란 꽃 간 데 없고
선홍색 뜨거운 홍화가
아득한 시간에 발을 묻고 있었다.

파도, 그 깊은

꽃이라도 깨우겠네
동해東海로 가는 길
봄볕 같은 햇살이 길을 터주며
간밤 잠들지 못했던 그리운 이름이
앙상한 가지 위에 앉아
꽃이 되어 활짝 웃고 있었다

바람은 불지 않았다
스스로 제 몸을 일으키는 바다가
송이눈 같은 물보라를 만들고
와아, 소리를 지르는 사람들이
작은 파도에 쫓겨 밀려왔다 다시
달아나는 동안에도 나는 혼자였다

버릴 수 없었다
막차를 기다리는 간이역의 손님처럼
저물도록 간절해지는

겨울 파도로 부서져 오는 사람
세상 어디에도 내려놓을 수 없는
내 슬픔이 점점 단단해져 갔다.

기쁨이거나, 슬픔이거나

손을 모으면

천지에 가득 차는 기쁨

눈 감으면

이슬로 내리는 슬픔

슬픔도 기쁨도

아름차기는 같아서

가슴에 묻은 말

기우뚱 내 생을 흔든다.

겨울 노래
―哀

흐르는 물 막을 수 없더니

넘치는 이 물숨

사랑이라 하던가

흐르다 멈춰 돌을 안고

소용돌이 하는

저 이승의 반란.

겨울 노래
—願

꽃잎 띄운 차 한 잔이면 되겠네

허술한 탁자 건너편으로

한참이나 바라보다가

내 속내 깊은 슬픔 그대에게 물들면

눈물은 보이지 않겠네

사랑이라 말하지도 않겠네

오래 참았던 말 꼭꼭 숨기며

아무 일 없듯, 그냥 바라만 보겠네.

겨울 노래

— 幻

다시 듣겠네

돌 돌 햇볕 찢는 강물 소리

징검다리 없어도 건너겠네

연둣빛 잎새 지천至賤으로 널리면

더운 눈물도 마르리니

내 안에 깃든 그대의 봄.

안개 같은

비 그치고
산을 휘도는 물안개 보인다
두 기둥을 맞세워 놓은 듯한
아파트 샛길로
몸을 일으키는 안개를 보며
허망한 이름 하나 생각하는 일
새로 생긴 버릇이다
눈에 보이지 않으면
아무것도 될 수 없는 너는,
비 온 뒤의 물안개로 오르고
안개 떠난 거기
아름다웠던 시간들
큰 산이 되어 머문다.

연리지連理枝

오래 기다리지요
마주 보면 까마득한 하늘
맞닿을 수 없음을
진즉 알고 있지만
늦었거니 하나가 되고픈
생살 찢는 아픔 견디면
보듬어 살아갈 날 있겠지요

결 맞추어 가지마다
색색의 꽃물 입히는
끝 간 데 모를 사모思慕
돌아서 흘린 세월
가고 또 가면
남은 반쪽도 제 몸인 듯
만만할 날 있겠지요.

네게로 가는 길

기다려야 했어
2호선 바꿔 타고
강변역쯤이면 되리라는
너와의 약속은
처음부터 까마득히 멀었어
도시를 순환하는 전철은
하루도 쉬지 않고 달렸어

맨살의 촉감이 느껴질 것 같은
네 집 가까운 거리에서
한껏 발을 세우다가
마냥 서성이다가
네가 앉아 있는 풍경에서
그려지는 아득한 설렘만으로
사뭇 돌아서야만 했어

네게로 가는 길은
사방이 막혀 달아날 수 없는
깜깜한 미로 같은
일 년 중 하루라도
그 길 트인다면
괜찮을 거라 했어
너를 만나 흔해진 눈물도.

비 오는 날

중앙선을 탄다, 이른 아침에
그리움 빗물처럼
온몸 적시는 이 아침 ·
젖은 치맛자락 움켜잡고
서둘러 3호선 환승역으로 간다

강이 보이는 3호선 환승역
거기에 가면
잊은 듯 소식 없던 사람
우연처럼 만나리
아주 우연처럼
하나 되는 강물 되어 만나리

마주치면
우연처럼 마주치면
소식 없던 시간들 서먹하여
조금은 머뭇대겠지만

우리는 그냥 웃겠지
헤프게 웃던 그날처럼
쏟아지는 빗줄기 속에.

지금, 갈 수 없는

향기로운 꽃빛 한창이겠네
해를 따라 도는 해바라기 뜰
노을 지면 먼 산도 가까이 내리겠네
저녁잠 놓친 물소리 따라가면
계곡은 점점 깊어가고
떨리듯 마주 잡은 손
사랑이었을까
세상 빛 깜깜해도
너와 함께 가는 길 두렵지 않더니
돌아보면 그 길 여전히 거기 있는데
잡은 손 놓친 지금은
갈 수 없는 먼 길.

눈 내린 날

눈 내린 그 이튿날
나는 꽃이 된다
한 그루 나무가 된다

어느 곳을 보아도
꽃 아닌 것 없다
세상은 순백의 날개를 달고

와아! 소리를 내지르며
금세 날아오를 것 같은
하얀 길 위에 서면

나는 요정이 된다
나뭇가지 위에서 곡예를 타는
감미로운 눈물의.

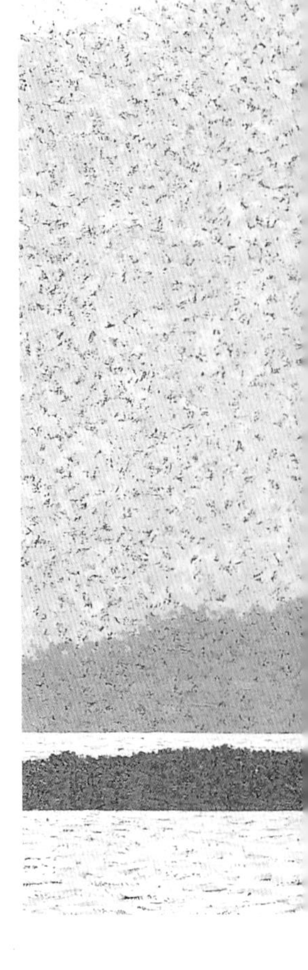

꽃 떠난 자리

서너 날 집을 비운 사이
송두리째 뽑혀 나갔다
인사 없이 누군가와 함께 떠났다

꽃이라 부르던 날 때로 나비 날아와
취한 듯 머물기도 하고
천지에 가득하던 향기

잊은 듯 살았던 사람
다시 꿈꾸게 하더니
잠시였다, 꽃이 피고 지는 것

꽃 떠난 자리 휑하니 비어
무덤처럼 고요하다.

별

새벽하늘을 보겠네
하늘은 마치 언 강처럼 투명하리
큰소리로 부르면 쨍그랑 대답으로
뛰어라도 내리겠네
마을은 고요한 채
푸성귀나 실어 나르던
계절 없는 하얀 집은
아직 깊은 잠 속
여전히 기척 없고,
별은 이제 고만한 그리움에 가슴 시린 사람
약속 없는 기다림을 꿈꾸는 이들의 몫이겠네
무수한 별빛 뜰 앞 가득 쌓이고
내 이른 잠을 깨운 이는
언제나 별처럼 빛으로 나를 보겠네.

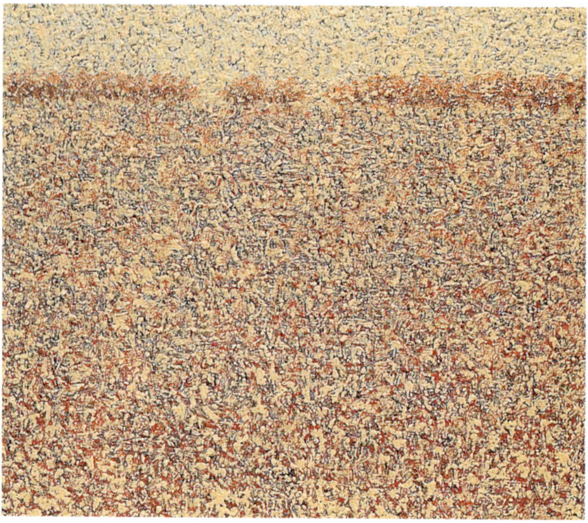

꽃밭에 물을 주다가

해 저물녘
꽃잎 시들고 누런 잎새
너부러져 누운 꽃밭에 물을 준다
그의 여름은 뜨거웠고
탐스러운 꽃빛
천지를 태울 듯 환하여
겁없이 빠져들던
지난날도 생각게 하더니
꽃으로만 살아온
시든 꽃밭에 물을 주면
열정도 잠시인 걸
이승 또한 그와 같아.

그것이 사랑임을

딱 한 번 때 묻지 않은
앞으로의 생애生涯까지
담보로 줄 수 있으리
시린 손 마주 잡으면
내 안의 그대, 눈물로 솟구쳐
방울방울 이슬 반짝이는
고여 있는 물처럼 잔잔하기도
더러 출렁이기도 하다가
소리 없이 기화奇花되어 사라지는
그것이 사랑인 줄 알았습니다

많은 날을 서성이며
당신 이름으로 잠이 들고
쓸쓸히 맞는 아침,
아무도 보내지 않았으나
나는 그대를 돌아서고
혼자 걷는 노을 속에

흐르는 강물 소리 들으며
아, 나는 알았습니다
조약돌 품고 수초手草를 보듬어 키우는
유유히 흐르는 물 같은,
흘러가는 그것이 사랑임을.

상해 홍구공원

가느다란 빗줄기 속
공원으로 들어가는
우리들의 걸음은 빨랐다

때 이른 홍매 피어나고
개나리 두어 송이 계절 잊은 채
반기듯이 고개 들었다

나라 위한 목숨 초개草芥로 던진
매헌 윤봉길, 영원히 스물다섯의
청년을 거기서 만났다

동전 몇 닢, 때 묻은 지갑
그가 지녔던 손수건 한 장에도
생전의 흔적은 또렷한데

아, 잠시 잊고 있었구나
쓸쓸한 청년의 높은 뜻
홀로 감당한 설움을

비 멎은 공원 돌아 나오며
나는 알았다 그를 기리는 마음
얼마 동안은 애달파야 할 것을.

제4부 푸른교회 사람들

정해진 제 집이 따로 없다
때때로 짐을 꾸리고
풀어놓는 살림살이지만
그리 어려워 보이지는 않는다

선한 목자 높은 뜻 좇는 그들
'해 돋는 데서부터 해 지는 데까지'
보이지 않는 성전 건축으로
소망 두고 믿음을 쌓아간다

보혈의 십자가 바라보며
묵묵히 걸어가는
이 땅, 진정한 예수님의 친구들
많은 것 드리고 싶지만 정작 나는,
가진 것 없어 늘 마음만 끌려간다.

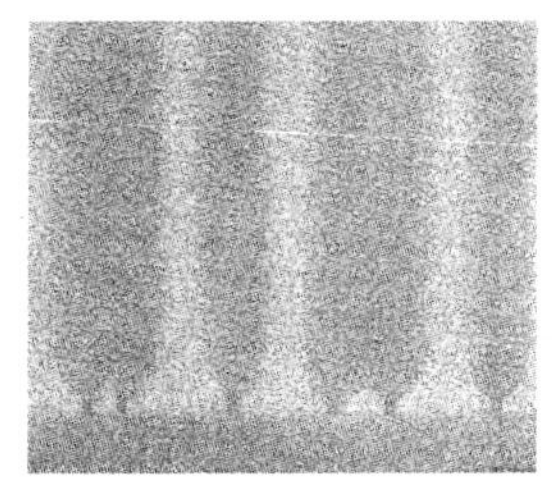

푸른교회 사람들
―목사 문희곤

목자입니다, 그는
푸른 초장 맑은 물가로
양들을 인도해내는
어진 양지기입니다

앞서 가는 거룩함보다는
이웃사촌 같은 그는
친근감 넘치는 진실한
우리의 친구입니다

받는 것보다
대접하기 즐거워하며
손수 몸 움직여 봉사하는
그는 사랑의 전달자입니다

끊임없이 자신을 낮추며
겸손함으로 믿음 따라
말씀 증거하는

아직 물들지 않은
순수의 여백이 더 많은
그분 안에 우리가 있음은
하나님의 애틋한 선물입니다.

푸른교회 사람들
―믿음

외길로 걷는다
뜬구름의 세상 저만치 두고
선한 가르침 서두르지 않고
천천히 배우며 심는다

포도나무 마르지 않은
가지가 되려 한다
말씀의 햇살에 몸담아
진리 따라 살리라

받은 대로 그들,
진작 깨끗하였으니
무엇이든 원하는 것
구하는 대로 얻는다

농부 되신 주님의 복음
높은 뜻 푸른 열매
온천지 가득 채워가는
여기 참 사랑의 사람들.

푸른교회 사람들
―사랑

정해진 제 집이 따로 없다
때때로 짐을 꾸리고
풀어놓는 살림살이지만
그리 어려워 보이지는 않는다

선한 목자 높은 뜻 좇는 그들
'해 돋는 데서부터 해 지는 데까지'*
보이지 않는 성전 건축으로
소망 두고 믿음을 쌓아간다

보혈의 십자가 바라보며
묵묵히 걸어가는
이 땅, 진정한 예수님의 친구들
많은 것 드리고 싶지만 정작 나는,
가진 것 없어 늘 마음만 끌려간다.

* 시편 113편 3절 인용.

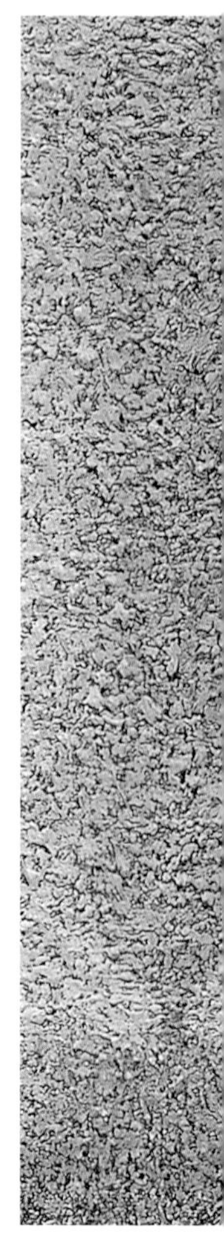

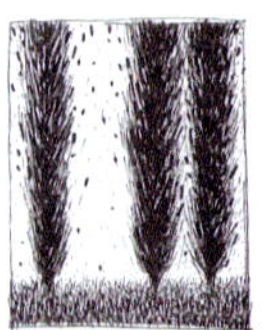

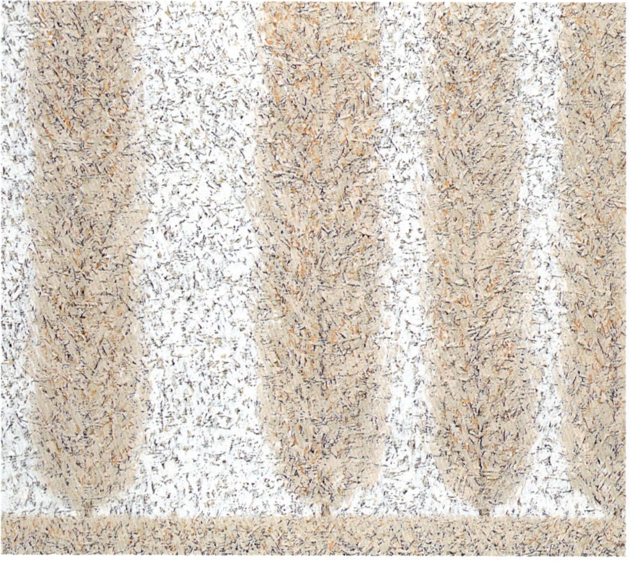

푸른교회 사람들
―감사

말씀을 듣고 믿는다
바라보는 세상
낮고 소외된 곳
선한 가르침으로
나눔의 씨앗 뿌리니
열매 맺은 사랑의 빛
온누리 밝힌다

때때로 눈물짓는다
회개하는 마음
은혜로 말씀 붙잡으니
주님 높은 뜻
땅 끝까지 전하는
복 있는 사람
푸른교회 그 안의 성도들.

한나의 고백처럼

거룩하신 그는 반석이시며
우리를 죽이시기도
살리시기도 하십니다
가난하게도, 부하게도 하시며
낮추시며 때로 높이기도 하십니다
가난한 자를 진토에서 일으키시고
악인들을 흑암 중에서 잠잠케 하십니다
힘으로 여호와를 이길 사람이 없으니
그를 대적하는 자
하늘에서 우레로 치십니다
땅 끝까지 심판을 내리시리니
여호와는 자기 백성에게 힘을 주십니다
기름 부음 받은 자 높이시는
여호와를 깨달아
그를 존중히 여기어
자신의 인생을 걸고
당당히 하나님을 섬기는
한나의 기도가 오늘
나의 고백이 되기를 소망합니다.

부활절 아침에

생명의 종소리 들린다
문 밖으로 나서면 봄의 술렁임
마른 가지 물기 오르고
색색의 꽃망울 터지는 잎새마다
부활하신 주님 모습 걸려 있다

가시관 벗으셨다
채찍 맞으시던 등과 허리
깨끗하게 낳으시고
흰 눈보다 더 하얀 옷자락 떨치시며
평안하뇨 문안하신 예수님

두려워 떨던 여인들
그 발아래 꿇어 경배하더니
달음질하여 사람들에게 전한 말
그가 다시 사셨다!
사망을 이기신 놀라운 권세
이 아침 온 세상 흔들어 깨운다.

불쌍히 여기옵소서

내 평생 살아온 길
죄악의 길이였음을
큰 산보다 높은
교만한 마음도
당신은 아십니다

하늘을
우러러 울음 울 수도 없으니
멀리 서서 가슴만 치던
세리의 고백을 대신합니다

불쌍히 여기옵소서
저는 죄인이옵니다.

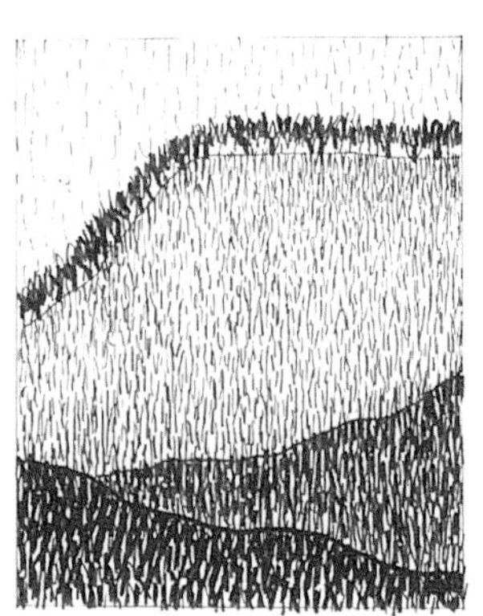

수가 성 여인

곰곰이 생각해도
내겐 그런 사람 없습니다
여전히 목이 마르지만
그가 오시리라 믿습니다
생명수 주시는 이,
여기로 오시다면
나는 달려 나가 맞겠습니다
따가운 햇볕 속을 지나
그 우물물을
길어 올리겠습니다.

두 사람

저기 멀찍이 떨어져서
기도하는 바리새인
이레에 두 번씩 금식하고
소득에 십일조를 드립니다

감히 하늘을 보지 못하는
세리는 다만 가슴을 칩니다
눈물 흘려 죄인 됨을 고백합니다

바리새인처럼 교만한,
세리처럼 겸손하지도 못하는,
큰 죄인,
저를 더욱 불쌍히 여기옵소서.

오월의 보리처럼
―어린이 주일에 부쳐

봄비 그친 뒤의 하늘을 보렴
마치 크레파스를 칠해 놓은 듯
파랗게 물이 든 하늘은 마치
자라나는 너희들만 같구나
착하고 예쁘게 자라주렴
너희가 아프면 세상은 더 많이 아프고
너희가 슬퍼하면 세상은 더욱 깜깜해져
모든 것이 넘어지고 만단다

언제나 너희에게
보여줄 수 있는 것
적은 어른들이지만
선한 목자 예수님
너희를 지키시니
험한 일 많은 이 세상
아파하지도, 슬퍼하지도 말거라
추운 겨울 잘 견뎌온
오월의 보리처럼
푸르게 푸르게 자라거라.

이제야 알겠네

두 손 모으고 눈감으면
그가 지신 고난의 십자가
나는 더 깨달을까

무거운 짐 홀로 지신 채
험한 산 오르시며 흘리신 피
찢긴 살 내 탓임을 알면서
나는 언제나 인색했는데

무릎 꿇으면 보이는 듯하다가
눈 뜨면 흔적 없이 허물리고 마는
약한 내 믿음도 이제야 알겠네

깊이 숨긴 눈물 마르도록 고백해도
다 용서받지 못하나니
주홍 같이 붉은 죄
그분 다 용서하심도 나 이제야 알겠네.

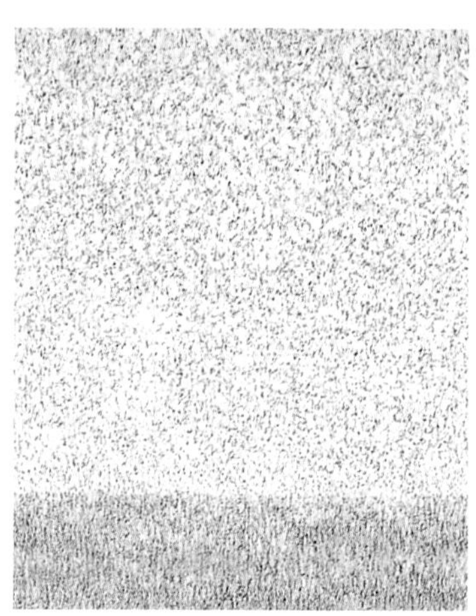

아직 세상은

은혜는 돌에 새기고
원수는 물에 새기라는 말
이제는 아득한 옛 말이지요
목소리 높으면 네 것도 내 것이 되니
은혜는 간 곳 없이
원수만 돌에 새기는 적막한 세상이지요
자고 나면 보이는 것 들려오는 소리들,
절망 같은 이야기에
우리는 또 입을 모으지요
무서운 세상이야, 무서운 세상
나와는 아무 상관없는 듯 무심히 내뱉지만
세상 또 다른 곳을 보면
평생 모은 재산 이웃에게 나누고
버려진 아이를 내 아이보다 더 소중히
사랑으로 키우는 얼굴 없는 이웃이 있으니
아직 세상은 더 살아 볼 만하지요
아름다운 사람들이 더러 있으니까요.

그는

언제나 내 곁에 있다
생각 속에, 가슴 속에, 눈 속에,
내가 가는 곳이면 어디든 동행한다
작은 풀꽃을 보다가도
그를 생각하고
늦은 저녁 떨어지는 빗소리 들으면서
그를 꿈꾼다
닿을 수 없는 먼 포구를 향해
끝없는 그리움의 항해를 시작하는
고요 속의 한 점 풍경으로 그려져
늘 나와 함께하는 그는
다가 갈 수 없는 쓸쓸함에
더러 나를 울게 한다.

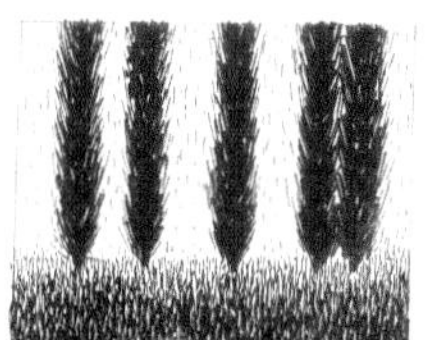